KB003160

힘이 되는 당신이 참 좋습니다

이민숙 시집

음표를 그리듯 시를 쓰는 이민숙 시인

열정 그리고 실천, 열정만 있어서는 완성이 되지 못 한다. 실천하는 사람은 자신이 보여준 열정의 답을 볼 수가 있을 것이다. 자신만의 사고로 사랑하는 마음 그리고 존경하는 마음을 세상에 화두로 던지는 시인, 자아존중감〈自我尊重感〉으로 무장한 시인이 보여 주려 하는 것은 무엇일까? 하는 궁금증을 가져본다. 이민숙 시인이 시작"詩作"을 하고 그 결과물은 독자의 마음을 파고들게 한다. 시인은 시를 쓰고 독자는 그 의문점을 자신에게 맞추어 해석하는 것이 정답이라면 그 사유의 끈을 잡고 풀어 가는 것은 독자의 몫이다.

詩 한 편을 쓰기 위해서 음표를 그리듯 긴장감과 편안함이 공존하도록 악보를 그리고 그사이에 한 자, 한 행, 또 한 연을 만들어 한 편의 완성작을 만들어 가는 이민숙 시인은 헤아릴 수 없는 아름다움의 깊이와 축적된 체험과 그 체험이 빚어낸 믿음이 곧 삶이라는 것을 보여주고 있다. 이민숙 시인만의 시풍으로 우리가 알고 있는 삶에 대한 좁은 이해를 다시 한번 생각해볼 기회가 될 것이다.

이민숙 시인의 제호 "힘이 되는 당신이 참 좋습니다."라는 사랑이 시적 발화가 되어 솔직하면서도 거침없는 화법으로 그려지는 이민숙 시인만의 독특한 표현에서 사랑을 보는 느낌이 들어 살아있는 담론으로 궁금함을 유발한 내용이 신선하다. 여류작가가 섬세함으로 인간의 미묘한 심리 변화를 시적(詩的) 감각의 묘사를 통해 감각적으로 그리고 있는 이민숙 시인만의 감성적인 화법으로 전개해 나가는 작품집을 추천하게 되어 기쁜 마음이다.

사단법인 창작문학예술인협의회 이사장 김락호

시인의 말

깊은 바다에 잠자고 있던 언어들이 가슴에 안겨 오는 날이면 펜 끝에 모아지는 감성과 생각을 엮어 단지 속에 꼭꼭 담아 두었는데 오늘 뚜껑을 열어봅니다

조심스럽고 설레는 마음으로 고뇌하고 즐겁던 시침을 끌고 와 하늘:인연, 땅:사랑, 바다:소리, 바람:숨결, 비:마음, 별:눈빛, 달:희망 등을 담아 한 권의 책이 되었습니다

중년을 지나는 여울목에 징검다리가 되어주는 글 밭은 매일매일 사랑을 꿈꾸게 하고 슬픔과 아픔 풍경을 노래하게 하며 불멸의 밤에 화촉을 밝히어 주는 친구가 되었습니다

때론 먹먹하고 때론 우울하고 쓸쓸하던 빈터에 꽃씨를 뿌려 놓고 분무기로 이슬비를 뿌리며 애지중지 적어보고 빚어 보았습니다

한평생 피아노를 레슨하고 연주하며 노랫말에서 받았던 서정 풍경 음률은 글을 좋아하게 되는 바탕이 되기도 했습니다

심오하고 깊은 뜻을 담아내기는 역부족이지만 노래하듯 연주하듯 리듬과 언어를 엮어 산뜻한 글이 되도록 심혈을 기울인 첫 시집에 독자님의 많은 관심 바랍니다

시인 **이민숙**

QR 코드 스마트폰으로 QR 코드를 스캔하면 시낭송을 감상할 수 있습니다.

제목 : 잊히지 않은 얼굴
시낭송 : 김지원

제목 : 소나기 사랑
시낭송 : 박영애

제목 : 봄과 여심
시낭송 : 김락호

제목 : 장미가 말해요
시낭송 : 박영애

제목 : 장대비
시낭송 : 박영애

제목 : 외로움
시낭송 : 조서연

제목 : 힘이 되는 당신이 참 좋습니다
시낭송 : 박영애

제목 : 꽃을 보지 말고 잎을 보아요
시낭송 : 김지원

제목 : 촛불(촛불 사랑)
시낭송 : 박영애

제목 : 하루
시낭송 : 박영애

제목 : 쇼팽과 커피
시낭송 : 김지원

제목 : 흐르는 단풍 강
시낭송 : 박영애

제목 : 거미
시낭송 : 박순애

제목 : 친구에게
시낭송 : 박영애

제목 : 봄과 여인을 만나다
시낭송 : 박영애

제목 : 빈 잔
시낭송 : 박영애

제목 : 그림을 그리려다
시낭송 : 박태임

제목 : 구름바다 건너에는
시낭송 : 김지원

제목 : 별빛 흐르는 창가에서
시낭송 : 김지원

제목 : 울지 마라
시낭송 : 조서연

제목 : 코스모스 축제
시낭송 : 김지원

안개꽃

하얀 미소 다소곳이 아름다워요
송이송이 담은 순백의 사랑
하얗게 피워놓아 눈길 머물게 하네요
하얗게 피워놓아 눈길 머물게 하네요

이슬방울 닮은 꽃이여
밤새 그리움에 울고 있었나요
마음 둘 곳 없어 한없이 한없이 방황하다
머무를 곳 없어 그리움에 안개꽃이 되셨나요

새벽안개 닮은 꽃이여
고운 첫사랑에 울고 있었나요
추억 속에 머물러 끝없이 끝없이 헤매이다
돌아갈 곳 없어 서러움에 안개꽃이 되셨나요

하얀 미소 아름다워 꿈결 같아요
내 마음 설레게 하는 안개꽃이여
내 마음 설레게 하는 안개꽃이여

안개꽃

이민숙 작시
임채일 작곡
(2018.5)
Andante espressivo
mf
5
9
mp
하 얀 미 소 다 소 곳 이 아 름 다 워 요
mp

mp
송 이 송 이 담 은 순 백 의 사 - 랑
mp
mf
하 얗 게 피 워 놓 아 눈 길 머 물 게 - 하 네 요
mf
mf
하 얗 게 피 워 놓 아 눈 길 머 물 게 - 하 네 요
mf

이 슬 방 울 닮 은 꽃 이 여
밤 새 그리움에울 고 있었나 요
새 벽 안 개 닮 은 꽃 이 여
고 운 첫사랑에울 고 있었나 요
mf
마 음 둘곳없-어 한 없 이 한 - 없이방 - 황하 다
추 억 속에머물러 끝 없 이 끝 - 없이헤 - 매이 다
f
=2nd time only
rit
2nd time To Coda
머 무를곳 없 어 그 리 움 에 안 개 꽃 이 되 셨 나 요
돌 아 갈곳 없 어 서 러 움 에 안 개 꽃 이 되 셨 나 요
=2nd time only
rit
=2nd time only

37
D.S. al Coda
mf
41
Coda
mp
하 얀 미 소 아 름 다 워 꿈 결 같 아 요
mp
45
mf
내 마 음 설 레 게 하 는 안 개 꽃 이 여
mf

Quasi Parlato
Allargando
Morendo
49
mf
f
내마음 설레게하는
안 개 꽃 이 여
8va
mf
cola voce
Allargando
f
Morendo
p

하늘 : 인연

땅 : 사랑

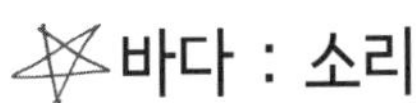

바다 : 소리

☆ 바람 : 숨결

☆ 비 : 마음

별 : 눈빛

달 : 희망

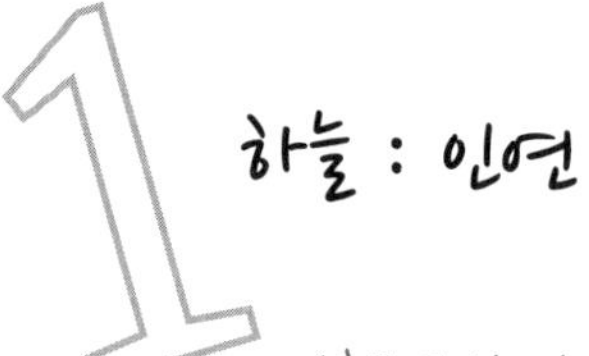

하늘 : 인연

스치고 지나는 인연이라도

언뜻 떠올리면 미소를 머금을 수 있는

그런 인연이 되고 싶습니다

땅 : 사랑

2

그 빛깔 그 모양 그 향기 그대로

내 마음에 담아 다시 핀 꽃

오래도록 지지 않을 거예요.

그늘진 마음

형상 없는 마음 밭에
이슬 젖는 우련한 향이라도
또 하나의 세월을 심는다

작지만 초연한 은방울꽃도
그늘에서 자란 순백의 마음을
하얗게 꽃피워 붉게 열매 맺으며
그늘진 마음 향기로 쫓는다

앉은 자리가 초라하여
속이 텅 비어 있는 대 숲도
비바람 개의치 않고
그늘진 땅을 푸르게 다스린다

연한 바람 받아들여
한 뼘 한 뼘 그늘 쫓고
모난 마음 모서리 다독여
보슬보슬한 흙에 꽃씨 심고
분무기로 이슬비 뿌려 놓는다

장미의 가시

붉다 못해 검붉은 빛
혈흔이 낭자한 꽃물에
담뿍 내린 진향으로 꽃망울을 적시고
숨결로 쓰담던 임의 손길 아련하다

여왕 화관에 앉은 장미여
빨간 가슴으로 사랑을 고백하나
이내, 뚝뚝 흘리는 속울음은
처절했던 고독이 가시로 돋아나고

참을수 없던 애증은
쏟아난 가시를 딛고서
발그레한 정열을 바쳐 꽃 피우고
받은 사랑 고스란히 뱉어 놓고
불사르는 고혹적 자태
5월의 햇살은 관능으로 내린다

저 고운 꽃잎 지는 날
얼마나 아프면 가시만 남길까

그대는 어느 바람결에

당신 없이도
저 강물은 유유히 흐르는데
나는 우두커니 서서
물끄러미 물줄기를 바라본다

당신 없이도
천연덕스럽게 햇살은 눈부신데
온 누리 고루고루 비추는
햇살은 나를 비켜 쏟아진다

하염없는 빗줄기가
온 세상을 뒤덮는데 당신 없는 나는
아무리 큰 우산에도 비에 젖는다

연인들이 바라보는 밤하늘은
손깍지 낀 사랑을 축복하려
바람 부는 길 따라
별빛은 우수수 떨어져 내리고
나는 먼발치에 별빛을 바라본다

바람 부는 언덕에
바람이 멈추었다.

고마운 고드름

차가워 시릴 텐데
속울음 울지라도
수정같이 예쁜 모습으로
반짝이는 고드름은
찬란한 햇빛에 쌩긋 웃어보란다

단단한 냉기에도
뒤돌아보지 않고
축복의 햇살에 입맞춤하는
너를 따라 나도 입맞춤한다

티끌 없는 냉기로 차갑게 다스려
맑은 보석방울 뚝뚝 흘리는 너는
지나는 바람에 아파할 이유 없다며
투명한 맑음을 노래하란다

더 춥고 아픈 혹한에도
오히려 단단하게 견디며 위로하고
아린 가슴일지라도 속을 보이며
우뚝 솟은 너에게서 솟구치는 밝은 힘을 얻었다.

사라진 눈꽃

창밖에 쏟아진 눈꽃은
소리 없이 온 것이 아니다

회색빛 하늘을 뒤흔들어
새로운 세상이 왔음을 쿵쾅거리며
스산한 바람과 구름 떼를 몰고 왔지

윙윙거리는 속삭임에
뜨락에서 기다리던 나목은
토닥토닥 입혀주는 순백의 눈꽃으로
예쁜 겨울을 알았지만

불현듯 불어온 매운바람이
입혀놓은 옷자락마저 거두어
혹한을 두고 차갑게 사라지더라

눈꽃을 입지 않았다면
마른 가슴으로 겨울에 순응했을까
예뻐서 너무나 고운 눈꽃이지만
꽃잎 뒤에 숨겨 놓은 눈물은
애잔하게 녹아 내려 아린 꽃이 되더라

잊히지 않은 얼굴

통통하게 살찐 햇살
갉아먹던 노을빛 석양
뉘엿뉘엿 하루를 밀어내고

뭇별들이 내려앉은 비밀스러운 밤바다에
금빛 선을 긋고 떨어져 내리는
별똥별 꼬리 좇아가는 눈동자

일렁이며 달려온 파도 술렁대는 소리에
안면도 상쾌한 밤바다
포물선을 따라 걷노라면
콧노래가 가만가만 얹힌다

불쑥 그리운 그대
속절없이 쏴~밀려와
캄캄한 바다에 유영한다

흙빛 어둠을 갈라 피운 잊히지 않은 얼굴
구만리나 밀쳐놓아 따라올 리 만무한데
달려오는 파도에도 밤하늘 별빛에도
무턱대고 들어있다.

제목 : 잊히지 않은 얼굴
시낭송 : 김지원
스마트폰으로 QR 코드를 스캔하면
시낭송을 감상할 수 있습니다.

바람에 실려 온 그대

차디찬 바람은
당신을 보내오고
콧등이 빨개진 나는
그 바람을 맞는다

얼마나 보고 싶었으면
뛰어가는 시간을 잡아타고
후려치는 바람에 실려 왔을까

다급했던 그 시린 바람
차가운 매운바람이라도
포근한 마음으로 모닥불을 피우리

보이지 않게 눈물 훔치며
두서없이 휘몰아치는 그 바람에도
길을 잃지 않고 내게로 와 준 그대
한 올 한 올 털실 엮어 목도리가 되어주리.

강물이 바다에게

그대는 바닷가
산란하는 파도 앞에
나는 강 언덕에 서서

유유히 흐르는 물결 보며
휘청대는 겨울을 어쩌지 못하고
흘려보내고 있습니다

바다 풍경 그려놓고 곱게 색칠하며
파고드는 바람을 막으려
옷깃을 부여잡고 마음 문을 닫아둡니다

그리운 마음 가득 실은 강물은
해님도 달님도 등에 업고
쉼 없이 줄기차게
그대가 있는 바다로 달려갑니다

기약 없이 도도하게
흐르는 강물이 바다에 닿을 때
그리웠던 날들을 펼쳐봅니다.

파도

일렁이는 능선이
한 맺힌 사연을 몰고
유유히 달려와 물거품으로
쏟아놓는 소리 철~썩

표류하던 수많은 이야기는
출렁이는 물결로 몰려와
안개꽃 물방울로 피어나며
줄줄이 담아 가는 소리 찰~싹

바르게 살아가라
엄하신 아버지 호통하며
곤장 치는 소리 철~썩

이쁘게 살아가라
어머니의 단호한 목소리에
서러움 던지면
웃음 되어 돌아오는 소리 찰~싹

아버지 가슴으로 철~썩
어머니 마음으로 찰~싹
내 마음의 파도는 보고 싶은
아버지 그리고 어머니,,,

길

창공의 길로
한없이 나르기만 할 것 같은 독수리는
비상하던 곳으로 돌아오면
처음 그곳 바닥이다

팅커벨의 요정도
꿈속을 날아다니다가
지치면 바닥에 내려앉는다

반짝이던 별들도
별똥별처럼 시간이라는 세월 따라
뚝뚝 떨어져 내린다

벅차게 살아내던 젊음의 에너지가 소진되어
정상의 기쁨을 누렸지만
그곳도 때가 되면 내려놓아야 한다

우리 사는 인생도
바닥으로 떨어지지 않으려 노력해도
때가 되면 한 계단씩 내려앉는 것은 순리다
내려앉은 그 바닥에 길이 있다
길은 또 바닥에서 열린다.

사랑이 오는 길

사랑은 햇살 타고 오나 봐
내 볼이 까닭 없이
빨개지니 말이야

사랑은 빗물 타고 오나 봐
촉촉한 빗소리에
나도 싱숭생숭 촉촉해지니 말이야

사랑은 나폴나폴
눈을 타고 오나 봐
내 마음도 덩달아 한들한들
흔들리니 말이야

사랑은 구름에 실려 오나 봐
내 마음도 구름처럼 두둥실
떠오르는 걸 보면 말이야

사랑은 일곱 빛깔 무지개를 타고 오나 봐
내 마음도 알록달록 일곱 빛깔 색감으로
물들이니 말이야

사랑아! 사랑아!
뒤를 한번 돌아봐
혹여 돌아갈 때
오던 길을 잃어버리고 울게 될까 봐

그대 먼 곳에

지나쳐 버린 꽃길
놓쳐버린 파도 소리
멀어져간 낙엽들의 속삭임
별빛 담은 커피잔을
마주하고도 안아보지 못한 밤하늘

지난겨울
눈 속에 묻힌 웃음을 찾다가
눈밭을 뒹군 그 마음

얼마나 더 달려가야
그대 별에 닿을 수 있을까
다가가면 멀어지는
나의 별 그대 나의 꽃 그대

달빛도 다정하게
내 옆자리에 살포시 앉는데
그대는 얼마나 더
마주 앉으면 그 마음을 포갤 수 있을까?

괴롭히는 상처

스산한 바람이 빗줄기를 몰고 왔다
애써 덮어 두었던 상처를 툭툭 때린다
지난여름 할퀴고 지난 상처
새 살이 돋아 지웠다고 생각했다

이 바람 이 빗줄기
그 아픈 곳에 모여들어
내 맑은 마음을 갉아먹고
어두운 터널로 밀어 넣는다

반항하지 않겠다
맞서지도 않겠다
그 아픈 상처를 펼쳐놓고
아파하면 그만인 것을

지우개로 지울 수도 없고
바람에 말릴 수도 없고
그냥 덮어 둘 수도 없다면
도망치지 않겠다

아파하자 소리 내서 펑펑 울자
눈물로 흘려보내고
또 흘려보내면 맑은 내 눈물이
청소해 주면 그만인 것을……,

고마운 당신

아득하고 먼 길 걸어왔습니다
교회 오빠로 만나
첫사랑이 결실을 보더니
그 풋풋한 세월은 자식들에게 내어주고
그런 아들이 그때 우리 나이가 되었습니다

가난하게 시작한 살림은 부족하고
어려운 순간도 있었지만
맞잡은 손으로 하나씩 이루어
단란한 가정을 꾸미고 있는 것은
늘 져 주는 당신이 있기 때문입니다

카랑한 목소리로 따져도
내 편이 되어서 지지해주던 당신이 있어
더욱 힘을 얻습니다

사소한 일들도 한결같이 뒤에서 챙기고
내가 병원에 갔을 때도
내 곁을 지키던 당신 참 많이 고맙습니다

아들 둘 엄마에게 말 한마디라도
잘못하나 눈여겨보고
엄마에게 효도하라 가르치니
말은 안 해도 당신이 참 많이 고맙습니다

음악 하는 여자를 만나
변변한 밥상 제대로 챙기지 못해도
주말이면 멸치볶음 카레 부추전을 하는
당신 뒷모습은 가족사랑이라 말하렵니다

입안이 깔깔하여 단맛이 생각날 때
커다란 수박 들고 들어오는 당신
캔맥주 오징어포를 들고 한강 둔치를
따라가 주는 당신이 고맙습니다.

비누사랑

먼지 묻은 너에게
다가가 내 몸을 녹여
깨끗해지자고 때를 벗긴다

꼬깃꼬깃한 마음에도
거품으로 스며들어 비벼보자
어느덧 하얀 마음이 되었잖아

내가 곁에 있을 동안은
먼지를 둘러쓰는 일은 안 된다
나는 작아지고 소멸하지만
네 곁에서 맑은 향기를 피울 거야

사라지면서 나는
너를 빛나게 만들어 주고 싶어
그것만이 내가 줄 수 있는 사랑이니까

도전하는 오뚝이

질경이 같은 강인함으로
척박한 땅 하나하나 일구어
너른 들판 꽃씨를 뿌리고 뿌린다

한 톨의 밀알이
인고의 세월 속에
잎이 무성한 나무가 되고
질곡의 삶 지쳐 힘겨워도
조금씩 앞으로 나아간다

갈 수 없어 못 박았던 길
하지만, 세월의 강은
앞으로 흐르지 못하면
되돌아가는 길이라

도전해야 하는 까닭을
발걸음에 매달고 발밤발밤
시구 한줄 놓고 시향 찾아
수없이 넘어지고 일어서며
오뚝이가 되어 걷고 걷는다.

두견화 사랑

원미산에서 보았던 그 미소는
언제고 다시 온다는
무언의 약속이었습니다

생경의 땅 흙빛 어둠에서
기나긴 겨울 사뭇 치는 마음에
밤마다 분홍빛 종이학을 접었습니다

애틋한 마음을 남기고 홀연히 떠난
임의 소식이 더없이 그립고 그리워
하얀 문풍지에 시시때때로
진달래 꽃잎을 수 놓았습니다

봉곳봉곳 피어오른 사랑이
표표히 꽃잎에 돋아나면
보고 싶은 가슴으로 달려가
그 마음을 손안에 꼭 쥐고
두견화 핀 원미산에서 기다리겠습니다

남산이 준 선물

타임머신 캡슐에 앉아
대학생 시절에 도착했다

케이블카는 사뿐 날아올라
남산 팔각정 하늘빛에 닿고
따스한 봄볕 두른 아지랑이
덩달아 남실댄다

달콤한 언약을 묶은
자물쇠 사랑 줄지어 반겨
변치 말자 약속한 흔적 속에
귓불 간질이는 속삭임이 나부낀다

곡선을 그리는 한강 줄기
도심의 이정표는 은빛으로 흘러
먼 시선 속에 추억을 꺼내놓고
오늘을 한눈에 담는다

반짝반짝 스치는 햇살이
미소를 담아 뺨에서 놀고
수런수런 이야기꽃 하늘로 오르면
추억이 될 행복이 앉아있다.

기다리던 봄

저 하늘 성근 별 하나둘
은하수가 될 때까지 별을 세고 있었다

서늘하게 요동치던 가슴은
밝은 햇살보다 비의 슬픔이 짙어
바람 불면 흔들리고
비가 오면 젖어오던 멍울진 날들

돌탑을 쌓던 무수한 분침은
협곡의 모퉁이를 지나서야
종달새 소리가 들리고
휑하던 마른 가슴에 박힌 고드름이
심장에 녹아들어 물소리가 들린다

고해성사 시간 앞에 조아리는 심정으로
묵은 마음의 각질을 겹겹이 벗긴다

고통을 걸러낸 맑은 물은
얼음을 갈라 피운 복수초의 꽃망울에
음표로 떨어지고
고개 내민 봄소식
파릇한 빛깔 미소지어 스민다.

바람 부는 언덕에

은빛 갈대 남실거리는
가로등 선을 따라 걷고 싶어요
이어폰 하나씩 나누어 귀에 꽂고
사랑스러운 선율에 두 마음 얹어 놓고
가뿐가뿐 바람 속을 걷고 싶어요

불어주는 바람결에
툭툭 떨어져 내리는 가로등 불빛이
하나둘 길을 열어주면
살포시 팔짱 끼고
갈대숲을 걷고 싶어요

발맞추어 사푼사푼 걷는 길에
가로등이 방긋방긋 웃어주면
꼭 잡은 손깍지 살랑살랑 흔들며
다정하게 불빛 속을 걷고 싶어요

바람이 쓰담 이는 강둑에 앉아
휘파람 소리 가만 사뿐 들려주면
평온한 어깨에 기대어
은은한 하모니카 불어주고 싶어요.

멀어지는 뒷모습

은혜로운 마음에
서늘하게 찬바람이 분다
못다 한 이야기를 어깨에 걸어놓고
투벅투벅 멀어지는 뒷모습

닫힌 마음에 뿌린
치유에 이슬이 마르기도 전에
잔인한 뒷모습을 보인다

어설피 서성이던
싸리문에 노을이 내리면
우울한 그림자 우두커니 보고도
훼방을 놓는 간사한 자존심은
악수를 거절하고 긴 숨을 몰아쉰다

먹먹하게 멀어지는
저 뒷모습은 어느 바람결에 머물다
어느 꽃의 눈물을 닦아주시려나.

눈꽃 사랑

그리움이 날개 없이 내린다
꼬리를 감추고 배회하는 그리움은
얼마나 더 내려야 꽃으로 볼 수 있을까

하얗게 머릿속에 스며들어
뿌연 먼지들을 닦아 놓고
깨끗한 마음으로 그대를 보고 싶으다

백설기 같은 눈꽃에 묻어온 그대 생각
녹아버리기 전에 파르란 웃음 담아
소복이 덮어 놓고 싶으다

회색빛 하늘이 내리는 사랑의 밀어는
첫사랑 같은 기쁨이 되어
그대 가슴을 적시고 싶으다

아무도 가지 않은 새하얀 길을
순백의 눈꽃 맞으며 그대 뒤를 따라
발자국 도장을 꾹꾹 찍어보고 싶으다

연인들 사랑을 온전히 먹고 자란
하얀 나비 따라 날아다니다
해님이 눈꽃을 데리고 가기 전에
그대의 눈꽃으로 기척 없이 스며들고 싶으다.

흐르는 단풍 강

다홍빛에 녹아들었다
황금빛에 숨이 멎었다
내 심장은 민들레 홀씨 되어 날았다

하늘은 쏟아져 내리고
땅은 하늘 만나기를 기꺼이 발을 들었다

이렇게 설레는 단풍을 본 적이 있던가!
떨리는 가슴을 열고 들어선 오색 단풍길에
이대로 화석이 되어 굳어버린다 한들 어떠하랴

찬란한 단풍 물결은 옥죄던 모든 것에서
해방시키고 빗장을 열었다

나는 한 마리 작은 새 되어
더 깊은 단풍 숲을 날아다니고
더 높은 파란 하늘을 낚아채
폐부까지 가득 채워 날아오른다

하늘 문이 열리고
땅의 기운이 솟구친 대둔산은
붉은 강이 되어 흐른다

차란차란 흐르는
단풍 강 방천을 한없이 걷다가
나는 그 둑에 서 있다.

제목 : 흐르는 단풍 강
시낭송 : 박영애
스마트폰으로 QR 코드를 스캔하면
시낭송을 감상할 수 있습니다.

능소화 사랑

담장 곁에 서성이던 그녀
핏기도 살점도 없이
파리하게 떨고 있던 야윈 능소화

지나쳐버린 봄볕
보이지 않은 가을바람
이글거리는 폭서에 애끓는 그 마음

보슬보슬한 흙을 두고
딱딱한 담장에 길을 내고서
가늘게 늘어진 애절한 목소리로
무슨 말을 하고 싶었을까
애련하게 피운 슬프도록 고운 꽃망울

오지 않을 임금님
까치발로 기다리다 지친 소화
숨 같은 사랑에 목말라 옭아맨 그 마음
시들지도 못하고 처량하게 툭툭 떨어진
가여운 꽃잎들

가련한 그녀 세상 떠나는 길에도
더없이 예쁘게만 보이고 싶었던 소화 빈
견딜 수 없던 그리움은 이승을 떠나
다홍빛 꽃등으로 활짝 피워 올랐구나
담장을 뒤덮은 아릿한 붉은 연정
바람결에 흐느끼는 못다 한 사랑 능소화.

꽃무릇(상사화)

붉은 슬픔으로
빨갛게 달구어진 심장은
뜨겁게 피워 오른 열꽃으로도
사랑을 지키지 못해
묽은 눈물 훔치는구나

따스한 봄볕을 두고
이글대는 태양을 가득 견디고
아름다운 꽃무릇 이름으로

떠나는 여름 생일날
소나기에 눈물 자국 지우고
참을 수 없는 보고 싶음에 달려와
뚝뚝 떨어지는 향기와 사랑 담아
발그레한 열정으로 인사하니

피할 수 없는 숙명이라
묻어 두었던 단지 속 사랑을 열었지만
잎새는 아직 생경한 땅속에 있구나
안타까운 그 사랑의 연서는 그대로 멈추었다.

숨 막히는 사랑

돋보기로 찾는 먼지
잣대로 재는 각
빈틈없는 단단함
구걸하듯 매달려야 하는 권위

너무 잘난 사람 곁에 좁아지는 그 자리
안쓰러운 사랑은 푹 꺼진 가슴에
조여오는 답답함으로
초라한 모습은 자유를 꿈꾼다

유리벽에 갇힌 새처럼
날아갈 수 있는 날개는
숨 막히는 사랑에 갇혀
창공만 바라보며 퇴색되어 간다

풀잎에 맺힌 맑은 이슬도
무거우면 뚝 떨어지듯
짓눌린 무게가 바닥에 닿으면
퍼덕이다 홀연히 날아간다.

그대라서 보고 싶습니다

무성한 나무 그늘에 더위를 식히려니
불현듯 당신이 보고 싶습니다
카페라떼 생각에
커피잔을 앞에 놓았는데
홀연히 날아들어 그대가 보입니다

쇼팽의 야상곡 선율에
내 마음 실어보지만
그대 은은한 목소리가 따라옵니다

자동차 운전대를 잡고 보니
옆자리에 당신이 있어 화들짝 놀랐습니다
머리를 흔들어 그대 쫓아봅니다

그런 당신 이번에는
냉면 그릇 앞에서 턱을 고이고는
나를 빤히 보고 있네요
나는 또 머리를 흔들어봅니다

그대 웃지 않아도 좋으니
내 마음속에 있지 말고
밖으로 나와 내 곁에 앉아주세요
그대라서 보고 싶습니다.

홍매화 사랑

엄동설한에도
고귀하게 핀 순결의 꽃

그 많은 유혹을 단칼에 베어내고
정조를 지켜 오롯이 그대 앞에 피었구나

꼭 다문 그 입은 할 말을 삼키고
분홍빛 치마 속에 겹겹이 속살 감추고
꽃망울에 향기를 피워 내니
발길 멈추게 하는구나

아! 순결의 꽃
그대 앞에 활짝 피워
꽃잎 하나씩 날릴 때면
꽃잎 띄운 차 한 잔에
그대와의 사랑도 홍매화가 되어라.

그림자 사랑

한 발짝 뒤에 소리 없이 있을게 부끄러워서
네가 어디를 가던 항상 등 뒤에서
너를 지킬게 걱정되어서

늘 같이 있고 싶을 만큼 너를 사랑하지만
말은 하지 않을게 네가 부담스러워 할까 봐

앞만 보고 가다가 지치면 뒤를 돌아봐
살포시 앉아 의자가 되어줄게

네가 언제나 반짝반짝 빛날 수 있게
어두운 곳은 내가 있을게 난 그래도 좋아

비로소 빛이 없는 곳에서는
네가 허락한 사랑이라 여기고
순백의 마음으로 하나가 될게

네 생명 다하는 날까지
그림자 되어 영원한 동반자가 되어 줄게.

유리벽 너머 사랑

햇살보다 먼저 찾아오는 그대
모닝커피보다 먼저
눈인사하는 그대
하지만 돌아가야 하는 까닭을 아시나요

지난여름 불같은 열기로 오시니
유리벽을 허물 수가 없었습니다
지난겨울 얼음 같은 냉기로 오시니
유리벽을 열수가 없었습니다

그대
따스한 봄 햇살처럼
미온수의 온도로 살포시 오신다면

유리같이 맑은 아침
유리벽을 스르륵 열어 그대 손 마주 잡으리.

내 마음에 다시 핀 꽃

바람이 흔들어 놓아
나폴나폴 떨어지는 꽃잎들
한 올 한 올 다칠까 염려되어
뒤 따르던 바람이
살포시 안아주네요

잔디 위에도 나뭇가지에도
꽃잎만 흩뿌리고 달아난 바람 아래
처연하다
슬픈 꽃잎 내 가슴에 품어
한잎 한잎 담아보아요
이내 흩어진 퍼즐 조각
하나씩 맞추어가듯

그 빛깔 그 모양 그 향기 그대로
내 마음에 담아 다시 핀 꽃
오래도록 지지 않을 거예요.

소나기 사랑

빗방울 숫자만큼
너에게 가고 싶다

구멍 난 하늘도 토해내듯 울고 있어
눈물에 씻기는 내 가슴도
아픔에 저민다

온 거리에 눈물 같은 소나기가
강물 되어 흐르면
그리움의 배를 타고

그대가 있는 무지개 핀 언덕까지
나는 가련다.

제목 : 소나기 사랑
시낭송 : 박영애
스마트폰으로 QR 코드를 스캔하면
시낭송을 감상할 수 있습니다.

바다 : 소리

단아하게 담아내는

찻잔의 은은한 향기처럼

넘치지 말아요

바람 : 숨결

바람이 분다

창을 닫아두어라

엄마는 바람을 걱정했다

난 바람이 좋다

시원한 바람이 얼굴을 만져주면 좋겠다

눈 내리는 겨울 호수

평화로운 한낮의 호수
물결 가르는 청둥오리 떼
담녹색 물빛 위에 오선을 그려놓는다

민낯을 드러낸 나목들은
앙상한 가지마다 숨죽이고
겨울 호수 담장으로 두르고 있다

한 올 한 올 흩날리는
순백의 눈꽃은 음표로 내려앉아
오선 위에 선율로 수놓고
인적 없는 수변 데크는
고요하게 길을 열어 반긴다

퍽퍽한 내 가슴에 촉촉한 물길을 열어
닫힌 마음에 평온한 사랑으로
하얀 별꽃이 가뿐가뿐 내린다

누구도 들이지 못한 마음 밭에
깊게 뿌리 내린 나목은
인생사 힘겨움도 뿌리를 보라 한다

나목과 호수의 겨울 사랑
너무나 아름다워
하얀 눈은 가만가만 평안으로 내린다.

야생마

저 끝없는 푸른 초원에
야생마가 벌떡거리며
자유롭게 질주한다

지평선 너머 무엇이 있을까
가도 가도 멀어지는 것처럼
봐도 봐도 보고 싶은 그대가 있다며
야생마는 힘차게 머리 젖어 댄다

지평선은 하늘을 만나
멀리 보라 넓게 보라하고
굴곡진 삶 살아온 야생마는
불룩불룩한 힘 날렵한 꼬리 저어
저 푸른 초원을 달릴 기세다

뜨거운 태양과 광활한 대지는
하늘이 내어 준 하루를 삼키고
새끼 야생마를 핥아 안아주며
밤이 준 안식 따라 평안으로 잠든다

그 남자의 여인들

중국의 자금성은
9천 궁녀의 방이 있었고
백제는 3천 궁녀의 시대가 있었다

무수리에서 갓 피어난 어린 후궁
왕자 공주를 품은 농염한 후궁
끝없이 새 여자를 보는 그 남자
조선 시대를 살고 있는 현재의 그 자리

'참을 인' 자를 손에 꼭 쥐고 있는 중전은
새까만 속내를 감출 수 없어
궁궐을 버리고 싶겠다

눈꼬리 치켜들고 왕의 발자취를 좇느라
불덩이는 가슴에 돌덩이는 머리에 이고
찬비에 젖는 처연한 여인들

꽃송이를 군데군데 피우는 왕은
애련한 여인들이 쏟아내는
원망과 눈물의 기운으로 늘 아프다

저 소박한 백성의 집에는
평온한 촛불을 밝힌다.

그리움의 빛깔

그리움은 이슬방울 되어
보석 빛으로 내 창에 뚝뚝 떨어진다

스멀스멀 하얗게
몰려오는 안개비는
보고 싶은 마음 우윳빛으로 풀어 놓는다

연연히 속살거리며
가슴을 두드리는 소리
분홍빛으로 애교떨며 파고들어
하냥 귓불을 간지럽힌다

흙빛 밤 은은히 들리는
세레나데에 홀려 가만히 귀 기울이면
아롱거리는 그대 얼굴이 푸른빛 선율 따라
아슴아슴 숨바꼭질한다.

마법의 성

향긋한 숲길을 걸었어요
내 속의 생각을 시시때때로 끌어내어
손잡고 한들한들 마냥 걸었어요

못 견디게 아름다운 꽃길
지나쳐 버릴 수 없던 평온한 꿈길
선율이 흐르던 호젓한 오솔길
한없이 걷다 보니 늪이 있었어요.

되돌아올 수도
앞으로 갈 수도 없는
깊은 숲길에 갇힌 웅덩이

마법의 성에 싸인 늪은
숲속의 요정들과 결탁하여
분홍빛 내 마음 빛살까지 훔쳐
적요 속에 가두어 놓았어요

하지만, 어느 때가 오면
마법의 성문은 태엽처럼 풀리고
꿈에서 깨어날 때 생경한 땅에는
하얀 눈이 내렸으면 좋겠어요.

치악산 구룡폭포

졸졸졸 청아한 소리
가슴의 계곡으로 흘려보내
마음을 달래고 지친 심신을 풀어 녹인다

싱그러운 나무들은 행진하며
알록달록 고운 잎새는 춤추며
재잘재잘 새소리는 합창하며
기다렸다는 듯이 치악산은 반긴다

유리 같은 계곡물 바닥에
누가 거울을 깔아놓았을까
순백의 꽃구름과 금빛 태양이
파란 하늘 담요에 싸여서 퐁당 빠져있다

반짝이는 물빛에
매료된 눈동자는 한동안 응시하다
이 아름다운 풍경을 그냥 둘 수 없어

너른 그물을 던져
생생한 색감으로 채색된 물빛의
구룡폭포를 고스란히 건진다.

붉은 노을

붉게 물든 노을빛
꽃물 바다 이루니
용광로의 파도가 일렁인다

뉘엿뉘엿 산자락 태운 불꽃
물빛에 젖어 들어
황홀한 낙조 유영 되어 노닌다

선홍빛 일몰에
검붉게 띄는 심장 소리
어쩔 줄 몰라 아찔하게 놀란다

뜨거워진 벅찬 가슴
큰북 소리 둥둥 들리고
빨갛게 익은 얼굴 황홀한 마음
설렘도 쿵쿵 커진다

손깍지 낀 손 꼭 잡은 연인들
석양빛 꽃 피우고
노을이 깔아놓은 주단을 따라
뜨겁게 태운 사랑 두둥실
밤하늘에 가뿐가뿐 잠긴다.

구절초

금빛 햇살 편편히 부서지고
꽃잎은 순수하여
순백의 드레스 펼쳐 입은
싱그러운 모습으로
애틋한 사랑을 말하고 싶었지요

새벽이슬에 맑게 세수하고
뽀얀 분칠 향기 담아
마음 빛살까지 훔치는
그 고운 자태 참 예쁘네요

견딜 수 없던 하얀 그리움
함초롬히 펼쳐놓고
청초하게 사랑스러운 미소로
혼자는 수줍어 물물이 손잡고
곱다랗게 피었지요

표표히 앙증맞게 작은 손 흔들며
가을맞이 임에게
여린 소녀의 눈웃음으로
생글생글 인사를 건네네요.

무지개

그대는 누구신가요
불현듯 나타나
황홀한 설렘 가득 안고 왔지요

슬픈 그대 아롱진 눈물방울
알아봐 주는 이 없어
몰래 훔친 눈물의 숫자가
소나기 되어 흐르고
고운 무지개로 피어나요

감내한 시련 뒤에 핀 그대
질곡의 삶은 끝났다며
먹구름 밀어낸 자리
찬란한 빛으로 홀연히 왔지요

신비한 그대
천상의 일곱 빛깔 오묘한 동그라미는
돌고 돌아 다시 만나게 되는
자연의 섭리를 말하고 싶었지요

동화 속 나라에서 보낸 신기루
무지개를 보았다면
그대를 더없이 사랑하고 있음이지요

거미

발걸음마다
각도기와 줄자를 달고서
쉼 없이 걷는다

한 치의 오차도 없이
어부의 심정으로 그물을 짜고 있다

오직 먹이를 낚아야겠다는 각오뿐이다
거미는 태어나기도 전에
살아남는 법을 배운 모양이다

비가 오나 눈이 오나
바람이 불어도 거미는 거미줄을
엮어가며 게으름을 피우지 않는다

지치기도 하겠고
힘들 때도 있겠지만 불만 없이
콧노래로 집을 짓는다

거주할 집과 먹을 것을 찾는 것은
살기 위한 기초적 본능이기 때문이다

이렇듯 기본적인 삶을 위해
젊은이들이여! 일하자
무직자들이여! 거미를 보자

제목 : 거미
시낭송 : 박순애
스마트폰으로 QR 코드를 스캔하면
시낭송을 감상할 수 있습니다.

넘치지 말아요

넘치는 홍수는 아픔입니다
촉촉하게 적셔주던 빗물은
참 좋았습니다

넘치는 태풍은 무섭습니다
살랑이는 바람은 살갗을 간지럽히니
참 사랑스럽습니다

넘치는 땡볕은 갈증으로 따갑습니다
살포시 내려앉는 햇볕은 따스합니다

넘치는 눈사태 불안합니다
소담스럽게 내려는 하얀 눈
눈사람이 참 즐겁습니다

그 곱고 달콤한 사랑도
깊이 보면 웃음 끝에
눈물도 따라 다닙니다

단아하게 담아내는
찻잔의 은은한 향기처럼
넘치지 말아요

힘겨운 어깨동무

그가 쏜 화살이 가슴을 찌른다
찔린 화살을 잡고
칼을 휘둘러 그의 마음을 베었다

그리고 악수를 하고 어깨동무를 한다
상처는 아물었지만
흉터 자국이 선명하게 남아있다

옷을 갈아입을 때마다
구만리나 도망갔던
감정의 찌꺼기가 달려든다
어제처럼 생생하게
찔림과 베임은 또 활개를 친다

힘겨운 어깨동무는
따끔거리는 눈총으로
태연함으로 포장하고
미소로 덮고 있으나
흘러나오는 비릿한 냄새는
막을 길이 없다.

사랑 나무 한 그루

바람이 감돌아 머물러 주는 곳
빗줄기 스며들어 보드라운 땅
따스한 햇살 내려앉아 포근히 감싸며
내 마음 멈추어 쉬는 곳
그곳에 사랑 나무 한 그루 심었다

봄이면 초록의 내음 향긋한 꽃향기 피우고
여름이면 무성한 잎새는 너른 나무 그늘이 되어주고
가랑비에는 우산이 되어준다

가을이면 농익은 열매
겨울이면 하얀 눈꽃
그 사랑 나무 내 마음 밭에서 자란다.

바빠서 웃는 봄

흙냄새 맡고 바빠진 농부의 연장 소리와
황소의 빨라진 걸음 곁에
산나물 펼친 놓은
노점상 할머니 목소리에도
봄 소리는 바쁘다

한 줌 햇살
기다려온 가녀린 잎새 곁에
커지는 햇볕으로 찾아온 봄은
외로움 떨친 시냇물 소리에도
바쁘게 왔다

고독했던 놀이터에도
찬바람 몰아낸 학교 마당에도
웃는 봄은 바쁘게 찾아들었다

보드라운 바람 속
한 조각 시간을 펼쳐놓은
거리 음악가 공연에도
온통 굴러다니는
자동차 바퀴에도
봄소식은 바쁘게 달린다.

봄과 여심

꽃잎이 하나둘 떨어져
꽃대만 남았어도
나는 그대를 기다리겠습니다

꽃분홍 빛깔이
연초록 물감으로 물든다 해도
나는 그대를 기다리겠습니다

가녀린 가슴 부여안고
하늘거리는 바람에
이리저리 상처를 입었지만
그대만이 치유라는 것을 알았기에
그 끈을 놓지 않으렵니다

초록빛이 노란빛으로 물들고
하얀 겨울빛으로 변하여도
다시 온다는 그 언약 그 약속
그대를 믿겠습니다

그대를 한결같이 기다리는 까닭은
그대의 따스한 손길만이
상흔들을 되돌릴 수 있기에
잊지 않으렵니다

제목 : 봄과 여심
시낭송 : 김락호
스마트폰으로 QR 코드를 스캔하면
시낭송을 감상할 수 있습니다.

아들

좋은 엄마가 되어주고 싶었어
따뜻하고 소소하게 행복을 느낄 수
있도록 다독이며 품어야 했어

그러나 현실은
결혼 전부터 운영하던 음악 학원을
정리할 수가 없더라

아들은 뒷전으로 점점 밀리고
일이 먼저가 되어있는 현실이 안타까웠지만
어쩔 수가 없더라

일과 아들을 놓고
저울질해가며 허둥대는 일상은 늘 일이 먼저였어
너를 챙기지 못해 마음 한쪽은 수시로 불안했어

너는 어두운 곳에 꼼짝 못 하게 앉혀놓고
네 또래 아이들에게 드레스 입히고 턱시도를 챙겨
무대에 올리느라 네가 울고 있는걸 잊을 때도 잦았어

어느 날 또래들 긴 줄 틈에 세워보니
중간에도 끼지 못하는 너를 보고 가슴이 아프더라

너에게 쏟아야 할 정성과 사랑을
일과 바꾸고 있는 현실이
늘 안쓰럽고 짓눌린 마음이었어

둘 다 잘하고 싶은데
눈물이 핑 돌아 흐르는 눈물이 볼을 덮을까
하늘을 보고 눈물을 훔친 적도 많았어

그런데도 반듯하게 자라준 아들 정말 고마워
조금만 더 내게 마음 문을 열어주렴

내가 아들을 외롭게 했던 만큼
이제는 내가 외로울 것 같아 먹먹하지만
그래도 나는 할 말이 없다

어설픈 내 사랑을 받아줘
네가 나를 기다려 준 것처럼
나도 너를 기다릴 거야

중년의 아내

두꺼운 소설보다 수필이나 시가 좋고
추운 겨울 스키장보다
뜨근뜨근한 찜질방이 좋더라

향긋한 향수보다 향긋한 과일이 좋고
시끄러운 술자리보다
커피 향 있는 카페가 좋더라

남편과 둘만의 여행보다 가족 나들이가 좋고
생일날 꽃바구니 선물보다
마트에서 쓸 수 있는 상품권이 좋더라

시시한 나들이보다 드라마랑 밴드가 좋고
결국 아내는 시장바구니 풀어
가족들 밥상 차릴 때 제일 좋더라

철새

계절 따라 날아온 그대는
높이 날아야 한다
한철 살다 지는 꽃들도
고운 자태로 소리 없이 떠난다

활기찬 날개를 접지 마라
녹슬어 날지 못하면
누구를 탓하겠는가
꽃들도 꽃씨만 남겨두고 진다

철따라 오가는 그대는
꽃길, 단풍길, 눈길 따라
훨훨 날아다녀야 한다

꽃이 피고 지듯
계절이 지고 피듯
철새도 들고 날디가 기다리지 않아도
계절을 업고 내 품으로 돌아 온다

잡을 수 없어 던져 버린 세월처럼
지는 꽃밭에 떠나는 철새다
가지 마라고 잡지 마라
임 떠난 자리 서러워 말고 눈물을 닦아라

녹색의 언덕

대관령 초원에 뿌려진
양 떼 소식과 바람의 춤을 봉인한
풀잎 편지를 고향 하늘에 띄운다

푸른 물결 파도 치는
광활한 대지 초록의 질주 앞에
우뚝우뚝 솟은 저 높은 풍차는
늠름하고 의연하게 바람을 낚아챈다

불어대는 센 바람
윙윙대는 소리에 숭숭 뚫린 마음은
화들짝 토라져 뒷걸음쳐도
풍차의 춤은 구름처럼 자유롭다

보아라, 흩어지는 바람
날려 버리는 바람
모두가 버린 저 바람을
꼭 잡고 사는 풍차는
바람의 언덕을 보라한다

인생사 너무 쉽게 버려진
언덕길이 없었는지
다시 한번 돌아 보게 한다

세미원 봄빛 정원

초연한 물빛 살포시 팔 베개하고
하늘빛 보자기 스르륵 덮고
세미원은 가만가만 누워있네

정원을 앞치마로 두르고
물보라 저고리 호수 곁에 앉아
물 내음 자욱하게 깔아 놓았네

맑은 음표 손에 꼭 쥐고
세미원에 들어서는 연인들
수런수런 담소 사이 사이
쉼표 물고 날아다니는 종달새

담녹색 연잎 속에
폴짝 뛰는 개구리 떼 숨바꼭질
황포돛배 뱃사공과 정절부인 사연은
두물머리 물꽃에 노니네

하냥 손짓하는 수변 테크
물결 은파 퍼져가는 언저리에
물새 떼 사락사락 물빛을 털어내고
왜가리 한 마리 긴 목 빼고
빈 배에 앉아 임 기다리네

꽃길

그토록 어둡고 춥던 겨울은
대지에 묻어버리고
환희의 꽃길이 열렸다

시리도록 눈부신 벚꽃 터널
방울방울 하얀 꽃잎
하늘도 땅도 꽃물에 잠겼다

노란 원피스 입은 별꽃
담장을 수놓고
송이송이 내민 가슴
봐 달라고 안달하는 분홍빛 얼굴
등산길을 막고 서있다

뜨거운 사랑에 눈물짓다가
꼭 다문 입술 터져 나오는 웃음에
허 벌쭉 속을 보이며 좋아하는 목련

지천에 봄이 영글어 피었다
가슴마다 말랐던 꽃물이
차란차란 봄 따라 흐른다

일기예보

봄날이 여름 같아 겉옷 벗어 던지게 하더니
봄비 몰고 온 꽃샘추위
토라진 그대같이 냉정하게 돌아앉았다

먹구름 몰고 온 찬 바람
잔뜩 찌푸려 심통 부리다가
어느새 스멀스멀 맑아져
우울한 기분 파란하늘빛이다

언덕 넘어 비바람 멈추더니
천연덕스럽게 까슬까슬한 햇살은
꽃구름 펼쳐놓고 언제 비가 왔냐며
시침이 뚝 떼고 있는 저 하늘

그대 마음도 일기예보처럼
미리 알 수 있으면
심술 난 비바람 피할 수 있을 텐데
변덕쟁이 그대는 꽃샘추위 닮았다.

다가온 길

꽃잎 같은 하루가 매일 매일 내리고
날이 가고 달이 차곡차곡 쌓여
뿌려진 꽃잎에 발이 잠길 때쯤
지난 시간은 헛되지 않았고
소멸되지 않았음에 희망으로 다가온다

초록의 수액이 물오름으로 방울방울 고여 오더니
이슬처럼 사라지지 않고 바가지에 모여
기다렸던 갈증을 적신다

지난여름 무성한 줄기 사이에
흘러내리던 땀방울은 꽃잎에 묻어
보슬보슬한 땅을 단단히 굳히고 있었다

마음으로 앞서 꿈꾸며 수없이 달리던 길
누가 부른 것도 아닌데
가슴으로 바라던 그 길이 내 앞에 있다.

친구에게

덧입힌 세월 푸른 이끼 되어
겹겹이 쌓아둔 추억단지 아롱거려 뚜껑을 열어본다
해도 가고 달도 가고 날이 가면서
추억의 그림자도 나이를 먹었다

칸칸이 이어 달리는 기차같이
철로 위에 조각조각 엮어 져 있는 길고 긴 퍼즐 항아리
그 속에 뿌연 먼지 묻은 우리들 추억 장

어느 해에 멈춰선 함박웃음
어느 칸에 밀려오는 아픈 기억
씨줄 날줄 곱게 엮어 여물어 가던
화문석의 쉼터처럼

어긋날 리 없는 우리에 숨소리
미리 보는 추억도 지나온 추억처럼
속살거리는 거리에 있어 주면 좋겠다

영롱한 이슬보다 맑게
따스한 해님보다 밝게
추억단지 곱게 보자기에 묶어
땅속 깊이 묻어두고 오늘같이 좋은 날
가끔 꺼내보자.
우리…

제목 : 친구에게
시낭송 : 박영애
스마트폰으로 QR 코드를 스캔하면
시낭송을 감상할 수 있습니다.

깊고 푸른 밤

눈을 가려놓아 까맣다
귀를 닫아주어 고요하다

초록의 대지 덮은 흙빛은
감성의 골짜기만 흐르게 하여
그대 손에 내 손을 포개 놓는다

은은한 달빛은 고요히 다가와
그대 심장 소리로 내 마음 두드린다

총총한 별빛 사이에
그대 숨결 타고 전해지는 포근한 체온은
따스함으로 감돌아 안게 한다

그윽한 향초 밝힌 달콤한 불꽃과
잔잔히 흐르는 선율은
더없이 사랑스럽게 차오르고
무지개를 건너는 순백의 마음 두근거린다

깊고 푸른 밤이 주는 안락은
신이 허락한 선물 중에 이보다 더
아름다운 게 있었던가!

그 바람은 어디서 불까

바람이 분다
창을 닫아두어라
엄마는 바람을 걱정했다
난 바람이 좋다
시원한 바람이 얼굴을 만져주면 좋겠다

닫은 듯 열린 창틀 사이로
밤바람이 불어왔다
바람이 무슨 잘못일까
창을 꼭 닫지 않은 내 마음은
바람을 기다린 게 아닐까

까치발로 신발을 들고
살금살금 대문을 나온다

휘영청 밝은 달 발길 비추고
은하수 머리 위로 쏟아지니
까만 밤 초롱초롱 별을 세던
그 아이 눈빛에 별이 우수수 내린다

그날 밤 살갗을 스친
그 바람은 어디서 불고 있을까?

바람의 색

따스한 햇볕이
봄바람 손잡고 창을 스르륵 열고
성큼 들어오니 포근하고 따뜻하여
분홍빛 마음입니다

한낮에 이글대는
뜨거운 바람이 무섭게 불어오니
한여름 더운 바람은
빨간 마음이 되었습니다

해 질 녘 불어주는
시원하게 살랑이는 바람은
답답한 내 마음 데려가니
가을바람은 파란 하늘빛 마음입니다

시리도록 차가운 싸늘한 냉 바람 싫어
따뜻한 미소 띄워놓고
냉 바람에 롱코트를 입혀도
겨울바람은 회색빛 마음입니다

인도네시아 바람

옥색 바다 은빛 모래 곁에
나뭇가지로 엉금엉금 엮어놓은
어설픈 집 썰렁한 거리

나뭇잎 엮어 신고
바나나 들고 호객하는
저 깡마른 아이 눈에 그렁한 가난

몰골은 시커먼 가죽만 남아있고
눈이 깊이 팬 노인은
커피 가루를 팔아야 하는 긴 한숨

미로 속 리듬은 춤판 위로 손잡고
그 여자아이 애끊게 팁을 바라고
황량한 문 열고 들어선 곳
남루한 거리 내리쬐는 태양

어린 청년은 키보다 긴 뱀을 어깨에 두르고
하얀 치아 드러내고 웃는 저 땀방울
지구의 한 부분은 그렇게 멍울져 있어
아! 지갑에 지폐를 모두 꺼내 주고도
부족했던 내 마음.

장미가 말해요

초록의 잎새는 사무치게 그리운
내 마음 펼쳐놓았습니다

선홍빛 꽃잎은 한 잎 한 잎 피워 올린
뜨거운 내 사랑을 묶어놓았습니다

줄기마다 솟은 가시는
그대에게 뿌리째 뽑히고 싶은
내 애끊는 몸짓입니다

그대 나를 가지려거든
뿌리째 뽑아 그대 뜨락에
곱게 심어주세요

나 그대 사랑하는 마음
임의 세상 떠나는 날까지

임의 손길 받아
그대 꽃으로만 오롯이 피고 지며
그대에게 내 정열에 향기
가득 담아 드리고 싶습니다

제목 : 장미가 말해요
시낭송 : 박영애
스마트폰으로 QR 코드를 스캔하면
시낭송을 감상할 수 있습니다.

들판이 익어갈 때

농부의 땀방울 받아
노랗게 익어가는 들판
알알이 꽉 찬 벼들은
지난여름 태풍을 잘 이겨내어
갈바람에 살랑이며 고개 숙여 인사하고

허수아비 허허 웃고 있어도
겁 없는 메뚜기 폴짝대는 소리와
고추잠자리 윙윙대는 소리에
들판은 넘실대며 깊어간다

논두렁에 콩대 거두는
농부의 딴딴한 종아리에도
가을걷이 들판이 들어있다

굽이굽이 실개천 둑에 가을빛 내리고
소고삐 잡은 아이들
배부른 가을에 해맑게 웃는다

노랗게 익어가는 들판을
더없이 청명한 가을 하늘이
파란 보자기 되어 살포시 묶어놓았다.

봄과 여인을 만나다

봄바람이 살갗을 스치니
꽃잎은 음표 되어
내 마음의 문을 스르륵 열고 들어와
노래하며 다닌다

꽃바람은 따스한 햇볕을 안고
들숨을 타고 퐁당 들어오더니
온몸 구석구석 꽃향기를 뿌린다

하늘거리는 봄빛 색감 옷으로
여인들은 나비 되고 꽃도 되었다
꽃 모양의 미소 꽃 빛깔의 웃음
꽃향기의 내음

여인과 꽃은 손을 잡고
찰칵찰칵 폭죽 소리에 자세를 잡는다
자작나무 숲에서 봄바람이 불어와
여인의 허리춤을 휘감더니

수줍은 여인은 가지마다 티운
초록빛 봉곳 나온 움이 되었다
여인의 선글라스 테두리에는
풋풋한 초록 움이 봉곳봉곳 피어 있다

제목 : 봄과 여인을 만나다
시낭송 : 박영애
스마트폰으로 QR 코드를 스캔하면 시낭송을 감상할 수 있습니다.

봄바람

은빛 물결 반짝이는
호수 위에 살랑살랑
봄바람 날아와 노닐다가

꽃그늘 벤치에 앉아
커피 향에 빠진 내 볼을 간지럽히고
묻혀온 꽃가루 코끝에 뿌린다

구름 타고 날아온 봄바람
나뭇가지 이파리에 인사하고
뜨락 숲에 앉아 있다

아지랑이 몰고 올 짙은 봄바람도
뜨락에 스며들어 졸고 있다

4월의 하동호수

봄바람에 살랑이는
은빛 물결 손짓에
눈동자는 깊은 호수에 잠긴다

잔잔한 호수를 가르는 울타리는
벚꽃 담장으로 벽을 쌓고
늘어지는 가지마다 낭창낭창
꽃잎 그네도 뛰게 하는구나

은빛 호수를 선물처럼 포장하고 있는
초록의 동산을
하얀 벚꽃 띠로 곱게 묶은 풍광을
빈 마음에 가득 담는다

쭈뼛쭈뼛 연초록의 색감으로
병풍을 쳐 놓은 동산들은
흐르는 물줄기 호수로 보내주겠지

물줄기를 받은 호수는
동산과 연정으로
너울너울 흐드러진 벚꽃 피워
꽃비 되고 꽃나비 되었다

4월의 하동호여!

섬진강 쌍계사 지리산을 곁에 두고

벚꽃 세상에서 상춘객들 심신을 보듬어 주는구나!

비 : 마음

쉼표는 달리고 있는 음표에 힘주고

일 중독으로 가는 무거운 발걸음에

포근히 쉬어가라 말한다

6 별 : 눈빛

고와서 너무나 고와서

세상 아픔 모두 헤아리는 저 별

사랑하며 위로받는 별이다

장대비

쏟아져 꽂히는 화살이다
먹구름 뒤에 숨어서
얼마나 벼르고 있었던가

집중적인 호우는 쑥대밭을 만들 기세다
암울한 그림자 드리우니
끓어오르는 대지에 분노했나
한 맺힌 사연들을 쏟아내고 있다

온 거리 뒤덮은 장대비는
물풍선이다

아스팔트 위에 곤두박질치는
물풍선은 펑펑 터진 뒤 튕겨 오르며
크고 작은 동그라미를 그려놓는다

그 소리와 모양은
벼르고 있던 한 맺힌 화살을
평정심으로 물풍선 되어
둥글게 살아 보라며
장대비는 시원하게 소리친다

제목 : 장대비
시낭송 : 박영애
스마트폰으로 QR 코드를 스캔하면
시낭송을 감상할 수 있습니다.

소나기의 심술

스미어 들듯 무지개로 다가와
뭇 꽃씨를 뿌려 놓고
불현듯 소나기로 몰려와 쑥대밭이 되었다

떨어지는 여린 꽃잎
피워보지도 못하고
흙더미에 깔렸다

수시로 퍼 붓는 소나기에
헤집어 놓은 마음 밭은
뿌려둔 꽃씨들이
발아 되기도 전에 떠 내려간다

저 소나기의 심술
마음대로 허락없이 오더니
보슬보슬한 꽃밭에 꽃잎을 떨구고
햇볕을 허락하지 않는다

찬비에 살아 남은 꽃잎도
얼마나 아플까

교차로

인생길 위에
펼쳐진 지도는 없으나
하얀 선을 그어 교차로는 펼쳐 놓았다

앞만 보고 무작정 달리던 길
신호등 앞에 일단 멈추어
바른길에 들어섰는지
오류 된 길이 아닌지 보게 한다

사방으로 도로를 끊어놓고
순차에 맞는 인생길을 가고 있는지
저마다 멈춘 발길 다시 보게 한다

엉키어 삿대 질하는 것보다
기준이 내린 질서에 따라
마음의 거리에도 마음길 위에
신호등과 교차로를 그려 놓으면 좋겠다

봄비

창을 열어 놓기를 잘했어요
기척 없이 내리는 청아한 소리는
전주곡 선율처럼 토독토독 연주합니다

가슴을 열어 놓기를 잘했어요
멍울져 아파하는 곳마다
그대 손길로 촉촉이 적셔
보슬보슬한 마음 밭에 파르란 싹을 틔우네요

고개 떨군 햇살이 참 예쁘네요
그 긴 겨울을 지우기에 버거운 햇살은
토닥토닥 내리는 빗물을 받아
온 누리를 씻어 쓰다듬고
온전한 봄을 일으켜 세우네요

물길을 열어두길 참 잘했어요
더없이 흥건하게 내리어
뿌연 먼지를 말끔히 거두고
퍽퍽한 가슴에 차란차란 흘러
후련한 단비가 되어주네요

흐르는 중년

그리 젊지도 그리 늙지도
않은 세월 앞에 감내하던 현실과
쫓아가야 하는 저곳

세월이 내려앉은 어깨에
날개를 달아
힘차게 퍼덕이며 날아오르자
내리는 눈, 비에 높이 날지 못하더라도
꿈 찾아 날아보자

젊은 날은 시간을 부수며
거침없이 달려와 돌아볼 틈 없이
성큼성큼 발자국만 심어 놓고
무성한 세월만 갉아먹고 있다
그러니 빈터에 꽃씨를 뿌려놓자

주름진 얼굴 어눌한 목소리
푸석해진 머릿결은 고개 숙이고
빈 소주병을 들고 교차로에 서 있는
그대 쓸쓸한 중년이여!

눈을 들어 맑은 하늘을 보자
달님도 별님도 소곤대고 있는데
쓸쓸한 벗들과 어깨를 나누며
별빛 총총한 은하수로 흘러보자

아프다

때린 사람이 없는데 아프다
누구라도 건드리면
눈물이 툭 터져 나올 것만 같이 아리다

봄 여름 가을 하냥 좋아했던 대가를
겨울은 톡톡히 치르게 할 셈인가보다
살을 에는 바람 시리게 조여온다

얼음이 뚝뚝 떨어지는
냉랭한 고드름을 잡고 견디라는
냉혹한 차가움은 온몸을 휘감고
심장까지 냉기로 몰아갈 기세다

위안과 안식으로 따뜻함이 감돌던 날이
황량한 차가움으로 돌아앉아 찌른다
피할 수도 숨을 수도 없는 날이다

허허로운 이 회색빛 회오리가 싫어
깊은 동면의 굴을 찾는
양서류의 생물처럼 땅속 깊이 스며들어
봄날 다시 올 수만 있다면….

갈색 추억

갈색 낙엽 사이에 숨어 있는
도토리처럼 가을은 내게
많은 추억을 새겨 놓았다

낙엽 밭에서 보물찾기하듯
다람쥐는 도토리와 꿀밤 찾고
나는 심어둔 추억을 찾아 낙엽 밭을 누빈다

등을 기대고 앉아서 단풍 비를 맞던 벤치
밤송이가 툭툭 불거져 알밤 줍던 길
강아지풀 꺾어 하늘로 날리던 오솔길
내가 울고 있을 때 같이 아파하고
내가 웃고 있을 때 좋아했던 그대
모두가 그대로인데 이젠 혼자 걷는다

동그란 눈 깜박이는 다람쥐
내게 조심스레 다가와
무슨 일이 있었냐고 묻는다
날개 접은 철새같이 꼭 다문 입
나는 쓸쓸히 갈색 추억에 잠긴다

낮달

눈부신 하늘빛에 갇혀
돌아가지 못한 낮달

밤하늘 은하수와 맺은 언약
어긋난 시간에 길을 잃어 먹먹하구나

더 가까이 오지 않을 별빛인데
허망한 약속 믿었구나
기다려도 오지 않을 임 이것만
하얗게 지친 빛바랜 얼굴로
덩그러니 서성이니 너를 어찌할까?

다시 밤이 오면 구름 위에 올라앉아
그리도 그리워하는 은하수를 찾아 나설까

길 잃고 방황하는 낮달에
까닭 모르는 해님은
무작정 달려가 무슨 말을 할까

무수히 많은 밀어에도
낮달의 마음을 도무지 알 수가 없으니
답답한 해님은 어찌해야 할까?

이렇듯 안타까운 관계
알 수 없고 이룰 수 없어
한없이 방황해야 하는
그 마음이 낮달뿐이겠는가!

빈 잔

어젯밤 힘차게 부딪히던
술잔에 굳은 언약 이른 아침 어디로 사라졌나
비어버린 술잔이 무색하다

보고 싶어 한잔
그립고 속상해서 한잔
웃음도 눈물도 담아 삼킨다
위하여! 위하여! 외침으로
헛헛함을 채울 수 있던가!

씻어내리는 빈 잔은 몽환이다
짜릿하여 갈증은 적셔놓았지만
소리 없이 조각난 기억은 허공에 맴돈다

이른 아침 참이슬 방울은
햇살이 마시고
흥겹던 취기도 햇살 따라가 버렸다

달콤한 밀어에 끌리어
술잔에 씻긴 힘겨운 창자는
빈 잔에 쓰린 속으로 드러누워 있다
그런데도 빈 잔을 또 채우는 우매함은 무엇일까?

제목 : 빈 잔
시낭송 : 박영애
스마트폰으로 QR 코드를 스캔하면
시낭송을 감상할 수 있습니다.

갈대

바람에 모두를 맡겼습니다
살랑이는 바람이면 살랑이고
큰바람이면 크게 흔들렸지만
뿌리는 꺾이지 않았어요

불어주는 바람 따라
금빛 물결 너울너울
춤추는 줄 알았어요

갈대는
울먹이다 노래하다
소리를 내고 있었어요

햇살과 바람이 노래하는 날은
바스락바스락 노래하고
구름도 소낙비도 울고 있는 날은
서걱서걱 소리 내며 울먹이고 있었어요

춤추다 울먹이다 노래하다
사는 일이 그런 거라며 말하고 있었어요

겨울 고목

겹겹이 쌓여오는 인고의 세월이여
칼바람 거친 삶을 보란 듯이 견뎌내고

눈보라 한겨울에 나목을 들어내도
부끄럽지 않는구나

초록의 잎새가 모두 사라져 외로워도
벗은 옷에 불쌍하다 조롱하고 무시해도

긴 겨울 앞에 근엄한 모습으로
근원이 되는 깊은 뿌리는 위대하다며
높이 봐라 멀리 봐라
겨울을 든든히 이겨내는 나를 봐라
외치는구나

쉼표

소란스러운 한낮이 허락한 쉼표는
고요한 밤이 있어
무거운 어깨에 짐을 내리고

일주일을 음표처럼 달려왔던 쉼표는
주말이 있어
다정히 심신을 달랜다

지친 학생들에게는
쉼표 같은 방학이 있어
새 학기 맞이할 기운을 보충하고

봄 여름 가을
길게 땅을 일구어 온 농부에게는
긴 겨울의 쉼표가 있어
일 년을 내려놓고 준비한다

쉼표는 달리고 있는 음표에 힘주고
일 중독으로 가는 무거운 발걸음에
포근히 쉬어가라 말한다

그곳에 가면

낮은 울타리 너머
햇살이 한가득 내려앉은
남새밭에 딸기가 고랑을 이루고
막대기에 얹혀 앉은 오이가 생글생글

향긋한 깻잎 곁에
보라색 가지가 대롱대롱
초록빛 고추가 조롱조롱

쭈뼛쭈뼛 쪽파 고랑에
풀 뽑던 호밋자루 던져놓고
파릇파릇 상춧잎 따는 엄마

널따란 잎사귀에 쪼르륵 흐르는 이슬방울
토란 줄기를 씌우고 있다

우물가 울타리에 앵두가 알알이 맺히고
감나무 아래 평상에서
감꽃 실에 궤에 목걸이 걸어준 언니

술렁이는 대 숲의 바람은 뒤뜰에서 불어와
집안 가득 휘감아 돌고 평상으로 왔다

큰 눈 껌벅이며 되새김질하는 소
실눈 뜨고 졸고 있는 염소
돼지우리 먹이 주는 오빠
대청마루 밑에서 어슬렁대는 고양이

꽃밭에 펼쳐진 소소한 꽃들의 미소에
물통 들고 꽃들과 속삭이는
아버지 곁에도 바람은 살랑인다

떨어진 낙엽

품고 있던 생기는
하나씩 하나씩 내어 주고
시들어 가는 줄도 몰랐구나

애잔하다
녹아 내는 아픔으로
그늘을 만들어 주고

처연하다
그 성난 바람까지 막아 내느라
늙는 것도 몰랐구나

애련하다
끝내 할 일 못 하고 떨어질까
노심초사했겠구나

아름답다
생기 피워 지켜낸 땅
봄날 다시 너를 불러 생기 넣어 주노니
연초록 잎으로 만나자꾸나.

외로움

외로움 싫어 떨쳐 보려 해도
빈틈 찾아 스며옵니다

그 덩어리 사그라드는 듯하나
슬며시 돌아보면 마음 길을 타고
스멀스멀 커지고 있습니다

마음문은 빗장을 채우고
눈을 감아보아도 어두움 속에서도
그림자처럼 따라옵니다

이 덩어리 어쩌면 좋을까
창을 활짝 열어 빗줄기에 씻어 볼까 하고
손을 길게 뻗어봅니다

손바닥에 투둑투둑 툭툭
빗물 따라 떨어져 내리는
외로움의 잔상들.

제목 : 외로움
시낭송 : 조서연
스마트폰으로 QR 코드를 스캔하면
시낭송을 감상할 수 있습니다.

그림을 그리려다

해님이
그림을 그리려다
붓을 유리컵에 놓쳐
유리 파편 가루가 무채색 빛으로
거침없이 쏟아지니 햇빛이 되었다

구름이
그림을 그리려
잿빛 물감을 콕 찍어
뿌려주니 비가 되었다

봄바람이 그림을 그린다
연초록 숲과
형형색색의 꽃들

봄바람이 스치고 지나는
후미진 곳까지도 물감으로 물들이니
봄날의 붓은 봄빛으로
화사한 수채화가 되었다.

제목 : 그림을 그리려다
시낭송 : 박태임
스마트폰으로 QR 코드를 스캔하면
시낭송을 감상할 수 있습니다.

못 갖춘마디

어설프게 시작되는 인생길은
이미 출발 선상에서
못 갖춘마디였다
비상을 꿈꾸는 독수리처럼

작은 바램들도 그렇게 출발하여
슬프고 아프게
화려하게 기쁘게 노래하다
가만히 내려앉은 독수리처럼
오롯이 마침표를 앞에 놓고
어긋난 마디에 음표를 그린다

먼 여정을 마친
인생길의 못 갖춘마디의 음표는
어떻게 그려질까
상상하며 달려가 보는 마음 길은
아득하기만 하다.

석촌호수의 밤

왕벚나무 행진곡에
박자 맞추는 종종걸음
아스라이 흐르는 네온 빛
바람의 춤에 실린 꽃잎은
낭창대는 가지마다
물물이 선율을 탄다

콧등을 오가는 호수 바람
마른 가슴 적시고
종달새가 물고 온
달보드레한 시간 속에
꽃 향기 사방으로 퍼진다

오색등 가로숫 길
소곤대는 이야기를 딛고
고무매트에 놓인 발자국은
교향곡의 서곡임을 알 수 있었다.

석촌호수의 밤은
알 수 없는 내일 앞에
세레나데의 서곡이 흐른다

힘이 되는 당신이 참 좋습니다

눈앞이 어둑한 안개 밭으로
불안과 걱정이 가득할 때
"괜찮을 거야" 한마디 위로에
어둠이 걷히고 용기를 가질 수 있었습니다

어깨가 축 처져 더는 갈 수 없어 주저앉고 싶을 때
"힘내" 하며 던져주던 응원에
힘을 낼 수 있었습니다

내가 하는 일이 틀렸다고
자책하고 속울음으로 아파할 때
"그럴 수 있어" 위로의 마음에 평안을 받았습니다

나와 다른 생각을 이해할 수 없어
따지고 싶을 때 "입장 바꿔 생각해봐"
하며 바른 생각을 하도록 하였습니다

힘겨운 일 앞에 나만 불행하다 불평할 때
"다들 힘들어 이겨내고 있는 거지"
밝은 기운을 주는 당신이 있어 참 좋습니다.

제목 : 힘이 되는 당신이 참 좋습니다
시낭송 : 박영애
스마트폰으로 QR 코드를 스캔하면
시낭송을 감상할 수 있습니다.

춤추는 단풍

똑딱똑딱
시계추는 착착 세월을 흘려보내며
두 박자 행진곡 리듬에
두 발 올려 줄 서라고 쉼 없이 보채더니
단풍 세상에 데려다 놓았다

바람이 흔드는 대로
사르르 우수수 툭툭툭 사르르
한 겹 한 겹 옷 벗는 추풍낙엽 저 소리
나목이 될 때까지 바람의 춤은
멈추지 않을 심산이다

명지바람 손잡은 단풍잎의 이별 왈츠
낙엽이 비처럼 스며들고
낙엽이 눈처럼 녹아들기 전에
한 아름 가득 안고 나풀나풀 날리며
나도 따라 춤추리
까치발로 사푼사푼 내 마음 술렁술렁
저 바람이 멎을 때까지.

별

흙빛 하늘 보석빛 되어
찬란히 반짝이며 쏟아지니
힘겨울 때 하늘을 본다
누구도 저 별을 미워할 수 없다

고와서 너무나 고와서
세상 아픔 모두 헤아리는 저 별
사랑하며 위로받는 별이다

퍽퍽한 마음 밭 적셔주는 고운 빛
온밤을 꼬박 지새우고
새벽녘 해님이 올 때까지
저 하늘 지키느라 졸지도 않고 있다

별님도 곤하고 지칠 텐데
오직 별이란 그 아름다운 이름에
오점을 남길 수 없어
예쁜 빛을 쏟아놓고 외로움도 삭힌다

별님은 아파도 눈물을 보일 수 없다
어디라도 빛을 내는 그 자리는
그만큼의 힘겨움을 속으로 감내한다.

성냥

어디에 쓰든 물건인가!
한 개비 뽑아 들고 쓱 긁어 놓았다
금빛 햇살 찬란히 부서지는
뽀송뽀송한 가을날에

바스락바스락
갈바람에 살랑이던 낙엽 위에
툭 떨어진 불꽃 사르르 사르르

아찔하게 놀란 홍엽은
성급하게 하얀 연기 피워 올리니
단풍도 불꽃 앞에 어찌할 줄 모른다

불사르는 붉은 산 누가 불 질러 놓았나
불구경하는 임들 화들짝 웅성대고
다람쥐도 토끼도 놀라서 뛴다

마른 장작 타오르듯
따닥따닥 번지는 산불은
불꽃으로 저 산을 다 태울 기세인데

불길 잡지 못하는 임
얼굴 타는 줄 모르고
만산홍엽에 넋 놓고 마음마저 사르고 있다.

시집가던 홍시

감나무 아래 평상에서
툭툭 떨어지는 감꽃을 엮어
목걸이 걸어 주던 언니

꽃잎 진자리 땡감은 뙤약볕에 자라
주먹만 하게 주렁주렁 달려
장대로 감을 따던 오빠는 고개가 아프다

엄마는 가을 홍시 떨어지기 전에
언니 혼사를 치른다고 벼르고 있어
달그락거리는 밥상머리 늘 보챈다.
새색시 볼처럼 발그레해진 언니 볼은
말랑하게 익어 있었다. 홍시같이

한사코 시집 안 간다더니
나를 두고 시집갈 리 만무한데
감잎 떨어지는 날
홍시 닮은 언니가 시집간다니
감꽃 목걸이는 누가 만들 거냐고
평상에서 눈물 훔친다. 나는

모두 다 어디 갔나
평상만 쓸쓸하다. 이젠...

내 살던 곳

그리운 어머니의 품속이다
따스한 햇볕 포근하게 감돌아
내 마음 다독여 두 팔 벌려 안아 넉넉하다

푸르른 싱그러움 스며오면
풋풋한 어린아이
꿈꾸던 나래를 펼쳐놓던
하늘과 들녘에는 어머니 바람도 가득하다

윤슬 반짝이는 시냇물에
발을 담그면 졸졸 하며
간지럽히던 맑은 물소리에
송사리 떼 꼬물거린다

어머니의 뱃속에서 툭툭 발차기하며
놀던 것처럼 공놀이와 뜀박질로
흥건하게 땀 흘리며 즐겁다

아름드리나무 너른 그늘에
어르신들 바둑 두고
아이들 소꿉놀이 곁에
논에 풀 뽑던 어머니는
아기 젖을 물리며 사랑 가득 채운다

어둠이 내리고
모락모락 솜사탕이 피워 오르면
해거름을 따라 어머니의 품으로 간다.

구름바다 건너에는

잔잔한 선율은 사랑스럽게 흐르고
어디서 불어오는지 향긋한 꽃향기도
살랑이며 감돌아요

까만 밤 반짝이는 별 밭에
별빛 가루를 보았어요

그대
커다란 풍선을 발가락에
나란히 매달아 놓고
내 손을 잡아보아요

잡은 손을 놓지 말아요
구름 위로 날아오를 거예요

구름바다 건너 까만 밤하늘
너른 별 밭에 고랑을 이루어
꽃씨 뿌리고 별 나무를 심어 보아요.

제목 : 구름바다 건너에는
시낭송 : 김지원
스마트폰으로 QR 코드를 스캔하면
시낭송을 감상할 수 있습니다.

추억의 빗방울

추억이 꿈틀대며
빗방울로 내린다

다정했던 그대와의 돌담길
같은 우산 아래 나란히 거닐 때
빗방울 소리 정겹게 들렸고
그윽한 체취 아스라이 닿던 내 마음

사랑이 내린다
토독토독 잔잔한 목소리 매달아
감미롭던 속삭임도
물기 젖은 눈망울로 내리고

그리움이 내린다
커지고 자란 그리움은
온 거리로 퍼지더니
빗방울 위에 이리저리 굴러다닌다.

그 아이

잠자리 채 어깨 걸고
윙윙대는 잠자리 잡으러 가네
살금살금 잡다가 놓쳐버리고
나비 따라간 그 아이

물고기랑 미꾸라지 잡겠다고
어설픈 그물 들고 실개천 더듬다
돌부리에 쿵 하고 올챙이 떼에 놀라
물병에 올챙이만 가득 담았던 그 아이

그 아이 옆에서
진흙으로 콩떡 만들고 쌀밥 지어서
흙으로 만든 밥상 보고
좋아라했던 그 아이

너는 아빠 나는 엄마
소꿉놀이에 그림자 길어지고
노을빛이 내렸지.

청보리

꽁꽁 언 땅 밀어 올려 움 틔우고
고개 내민 여린 잎새
쏙 쏙 앙증맞게 파르르 떨고 있구나
너를 사랑하는 마음 듬뿍 담아서
다시 땅속으로 넣어줄까나 아직은 춥다

땅속으로 뿌리를 내려다오
꼭꼭 밟아 울타리 치는 소리
발바닥에 음표가 리듬을 탄다

싱싱한 줄기와 열매로 영글기 위해
아파도 참아보아라
찬바람 막을 벽을 쌓고 있단다

다지기가 끝나고
시간의 그네가 너를 태워 날아오르면
청보리밭으로 데리고 갈 거야

사그락사그락
청보리의 물결로 다시 돌아오겠지
그때까지 나는 너를 기다릴게.

꽃을 보지 말고 잎을 보아요

떨어진 꽃잎에 아쉬워 말아요
그 꽃잎의 향기와 꿀은
이미 나비와 벌이 쉬었다고
투덜대지 말아요

꽃잎 진 자리에
벌 나비 돌아오지 않으니
떨어지는 꽃잎을 보지 말고
차오르는 잎을 보아요

꽃잎 진 자리에
푸르름이 돋아 녹색으로 물들면
파랑새가 되어 날아 보아요

한순간 피었다 떨어지는 꽃잎보다는
한여름 지나는 동안
그늘이 되어 주는 녹색 잎을 생각해 보아요

떨어지는 꽃잎에 아파하지 말고
녹색의 잎을 보고 웃어 보아요

청보리의 파도 소리 사그락사그락
떨어진 꽃잎을 지워줄 거예요.

제목 : 꽃을 보지 말고 잎을 보아요
시낭송 : 김지원
스마트폰으로 QR 코드를 스캔하면
시낭송을 감상할 수 있습니다.

수줍음

힘겹게 마주 앉은 자리
눈을 마주칠 수 없어
커피잔만 가만히 보고 있네요

무엇 때문인지
손바닥만 싹싹 비비며
불편한 몸짓에 어색하네요

얼굴은 새색시 볼처럼 붉어지니
괜스레 주먹으로 입술을
막아 놓고 헛기침만 해댑니다

할 말은 목을 타고 넘어가 나오지도 않고
입술만 머쓱하게 씰룩거립니다
어색한 시간은 흐르고
커피잔도 바닥을 보이니
수줍음도 저만큼 멀어지고 있네요

별빛 흐르는 창가에서

고요함이 내려앉은 별빛 창가에는
사랑스러운 바이올린 선율이
은은하게 흐르고

찻잔의 향기가 코 끝에 맴돌아
그윽한 향기 맡으며
그대 모습 가만히 그려 보네요

그대
별님만큼 멀리 있어
잡아보고 싶지만 닿지 않으니
내 마음에 그대 얼굴
꼭꼭 숨겨 놓아요

오늘같이 쓸쓸한 날
밤하늘의 별빛을 보는 것은
별빛 속에 그대 모습
숨어 있기 때문이죠.

제목 : 별빛 흐르는 창가에서
시낭송 : 김지원
스마트폰으로 QR 코드를 스캔하면
시낭송을 감상할 수 있습니다.

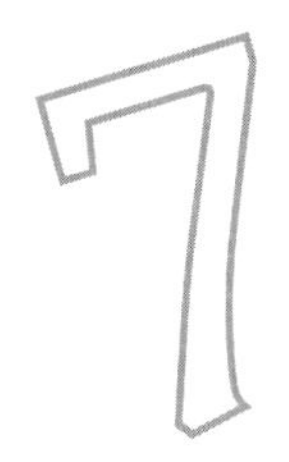

달 : 희망

그대는

가장 힘들 때 나를 찾고

가장 좋을 때 나를 찾으니

밝은 불빛으로 당신의 발길 비추겠습니다

언제나 어두운 그림자 있는 곳

내 사랑을 불꽃으로 피우겠습니다.

손바닥을 펼쳐보자

꽉 잡은 주먹을 펼쳐보니
손가락 사이로
빠져버린 모래알처럼
남아있는 것이 별로 없다

손바닥을 펼치면 모두가
날아갈까 꼭 쥐고 있었지만
손바닥을 반쯤 펼쳐놓으니
오목한 손바닥에 평안부터 쌓인다

놓치지 않으려
강하게 당긴 고무줄이
툭 끊어진다
손바닥을 펼치듯 반쯤 놓아주자

자유

여울목의 징금 다리 사이는
물의 흐름을 방해 놓지 않아
실개천은 자유롭다

세월의 강줄기는
그 어떠한 방해가 있더라도
자유로운 바다로 향한다

글의 연주가는
자유로운 악기를 품에 안으려
얼러고 달래기를 수없이
풍류를 노래하는 마음으로 악기를 만진다

그림 그리는 화가는
밑그림이 흔들려 비틀거려도
자유롭게 표현하는 붓 끝에
혼신의 힘을 다한다

프로 선수 또한
말 잘 듣는 공을 가지려
수천수만 번을 다그쳐 호흡한다
자유롭게 비상하는 독수리는
오늘도 힘차게 날아 오른다

눈물과 웃음

슬픔과 아픔 속에서도
불행하지 않았던 것은
나를 좋아하는 사람들
내가 좋아해야 할 사람들이
있었기 때문입니다

눈시울을 적시며
이슬방울 떨어진 자리마다
꽃을 피우는 것은
퍽퍽한 대지에 빗물처럼 스며들어
꽃씨가 발아되는
봄을 기다렸기 때문입니다

상흔이 감사한 것은
그쯤에서 삶을 돌아보게 함이요
회한을 심어 주었기 때문입니다

눈물과 웃음은 배분된 수량이 있어
아팠던 자리 비움으로
희망의 자리 채움이 바로 뒤에
따라 온다는 것을 알게 함입니다.

따라쟁이

좋은 내가 되니
좋은 네가 오더라

바른 내가 되니
착한 네가 오더라

예쁜 내가 되니
멋진 네가 오더라

부드러운 내가 되니
따스한 네가 오더라

사랑스러운 내가 되니
사랑한다 말하더라

고것 참!
신통방통이네!
따라쟁이가 되고 싶은 거니?
아이 참 !
너는 마음 나는 몸
심신을 어찌 나눌 수가 있겠니?

달팽이의 길

하얀 길 위에
어떤 장애물이 있어도
저 무지갯빛 좇아서 가야 한다

거친 숨으로 저 산을 넘어야 할 이유는
바다가 된 그리움을
보고만 있을 수 없기 때문이다

실개천이 강줄기를 따라
흐르고 흘러 더 갈 곳 없는 곳
마음 길은 벌써 바다에 도달했다

불현듯 날아온 어떤 비보에
암흑천지 벼랑길에 서서
뒤돌아보면 뜨거운 태양길
눈앞은 낭떠러지

기별 없이 쏟아진 악재들
마음을 꺾어 앉힌 회오리바람은 길을 잃게 하고
퍼붓는 빗줄기 휘몰아친 시린 바람
하얀 길 위에서 멍하니 하늘을 보다가
힘겨웠던 수고에 입맞춤한다

아름답게 보이는 저 무지개는
잡을 수 없던 신기루였어
이젠, 평안한 숲으로 돌아가자.

한번 돌아볼까

집안에 영양 가득한
단아한 밥상을 두고
허기를 달랜다고
헤매고 다니는 건 아닌지
한번 돌아볼 일이다

뒤돌아보면
문이 활짝 열려 있는데
코앞에 벽을 부수며
땀을 흘리고 있는 건 아닌지
돌아볼 일이다

산딸기를 따겠다고
상처투성이로 언덕을 기어올랐지만
탐스럽게 익은 딸기가
텃밭에 있었는지 돌아볼 일이다

가두어 두려다 갇혀버린
잡으려다 잡혀버린 거물 속에서
허우적거리고 있는 건 아닌지
한 번쯤 돌아볼 일이다.

이불 속 발가락

세상에서 가장 하얀 날
아궁이에 군불 집힌 농부 집
긴 겨울밤 호롱불 밝히고
찐 고구마 동치미에 허기를 달랜다

스산한 바람 닫은
따끈한 아랫목 이불 속에는
발가락들이 꼼지락거리며
옹기종기 모였다

꼬물거리며 추위를 녹이던
여러 개의 발가락 어쩌다 닿을 때
시작되던 장난은 누가 먼저였을까

덮어놓은 솜이불 속에
피우던 웃음꽃
닿기만 해도 누군지
금세 알 수 있다.

간질거리며
꼼지락거리던 발가락이
오늘 같은 날은 너무나 그립다
모두 다 어디 갔을까?

새벽

캄캄한 밤 부수고
새벽은 고요히 걸어와
어두운 장막을 걷어내고
새날의 새 빛을 풀어 놓는다

어슴푸레 돌아보는 뒤안길
깊은 터널 지나온 발자국마다
번뇌와 고뇌는 조각으로 흩어지고
짓눌린 어깨의 짐도 벗어 놓았다

맥없이 걸어왔던
가녀린 신음과 멍울진 잔상은
춤추는 시침에 지우고 비워
설레이는 새날은 비장한 각오를 요구한다

고요를 흔들어
희망을 안고 다가오는 환한 빛은
비밀스러운 하루를 깨워
평온한 아침을 열어준다.

늦어도 돌아보자

어디쯤 왔나
어디로 가나
얼마큼 남았나 멀리 한번 보자

목을 돌려 등 뒤에 있는
뒤안길을 한번 살펴보자
내 발자국에 어떤 향이 있었나!

내 속의 나에게 지혜가 걸어 나와
함께 걷고 있는지
가슴에 손을 얹고 돌아보자
돌아보는 길은 또한
돌아가는 길을 가르친다

직선은 빨리 갈 수 있으나
추억도 낭만도 없어 힘들고 지치며
멀리 갈 수 없음을 알게 한다

인생은 가야 하는 먼 여행길
돌아가다 좀 늦어지면 어떠랴!

거목의 우듬지에는

사유의 겨울나무
관조하듯 보고 있자니
우듬지에 파르르 떨며 나부끼는
깡마른 잎새 탐탐히 머문 눈길

끈을 놓지 않으려는 저 안간힘
생기를 모두 내어 준 갈색의 아픈 이별

곁에 있고 싶은 그 간절함
이젠 핏기도 푸르름도 모두 말라
흙으로 돌아가야 하는데도
그 까닭을 모르는 우듬지에 마지막 잎새

마치, 대기업의 정리 해고와
구조 조정의 매서운 칼바람도
이와 같지 않던가!

거목의 몸체는 비장함으로
오직 뿌리만 살리겠다는 각오로
떨어져 나가는 가지와 잎새에
두 눈을 감았다.

돌 틈에 핀 민들레

구름 타고 오던 꽃바람
민들레 홀씨 불어 날아온 곳
인적이 북적대는 돌 틈이더냐

처연하다
아릿한 고아로 자란 민들레
외로움 등에 업고
밤이슬 받아 오롯이 뿌리 내렸구나

대견하고 장하다
우리가 부모님을 선택할 수 없듯
홀씨는 떨어진 그곳이 터전인지라

그 많은 인적에 밟히지 않고
용케도 줄기 뻗어 활짝 꽃 피워
실망한 이들에게 용기를 주는구나

강인한 모습으로 잘 자라 예쁘구나!
초록 잎새 담요 위에
노랑 원피스 차려입고

표표히 목 내밀어 하늘거리며
혼자 남겨진 삶 쓸쓸하고 먹먹해
이제라도 임을 만나 그 사랑 꽃피우고자
흔들리는 모습이 곱고 애련하구나.

도전

졸고 있던 상념에
찬물 한 바가지 씌운다
갈망하던 꿈을 찾아
내 마음 창공에 띄운다

망설임을 떨치고
옷 단장하고 신발 끈 동여맨다

작은 배에 용기를 가득 담아
일렁이는 파도에 밀어 올린다

새 길은
설렘과 두려움이 교차하겠지만
떨려오는 심장 소리에
믿음을 심고 다짐을 키운다.

촛불 사랑

내 사랑을 심지 위에
피워 놓았습니다

무릎 꿇고 기도하는
당신의 애끓는 마음을 알기에
촛농으로 흐르는 눈물은
그 기도를 응원합니다

화촉 밝혀 축하하는 노랫소리
그 기쁨을 알기에
환한 불꽃으로 화답합니다

그대를 위해서라면
눈물도 불꽃도 모두 드릴 수 있어
다행입니다

그대는
가장 힘들 때 나를 찾고
가장 좋을 때 나를 찾으니
밝은 불빛으로 당신의 발길 비추겠습니다
언제나 어두운 그림자 있는 곳
내 사랑을 불꽃으로 피우겠습니다.

제목 : 촛불(촛불 사랑)
시낭송 : 박영애
스마트폰으로 QR 코드를 스캔하면
시낭송을 감상할 수 있습니다.

울지 마라

장대비에 꽃잎 추하게
널브러져 있다고 울지 마라
꽃잎인들 떨어지고 싶었을까
그 바람을 견디기 어려워 휩쓸린 것을

떨어진 꽃이면 꽃이 아니더냐
이듬해 봄날 다시 피워 오를 꽃이다. 울지 마라
장대비에 나 뒹구는 숲을 밟아
바스락바스락 소리에 숲은 망가져 버렸다. 울지 마라

한 계절 지나면 물오름으로
무성하게 돌아올 숲이 아니더냐
꽃잎도 무성한 숲도
거친 태풍을 견디기가 어려웠을 거다
뿌리째 뽑히기 싫어 몸부림친 흔적이다

할퀴고 지난 자리 아픔은 있겠지만
뒤돌아보면 그 태풍도 씻은 듯 의연하게
제자리 찾아가지 않더냐

우리 사는 인생도
태풍같이 비바람에 상처를 남겨도
햇살과 바람이 쓸려간 자국을
지워주지 않더냐 그러니 울지 마라.

제목 : 울지 마라
시낭송 : 조서연
스마트폰으로 QR 코드를 스캔하면
시낭송을 감상할 수 있습니다.

7월의 소리

단물 흥건하게
시원한 수박 먹는 소리에
마음이 넉넉해지는 7월입니다

핏기도 숨소리도 없던
능소화 줄기에
한 방울씩 채워 올린 물오름은
기다림의 소중함을 알게 하는 7월입니다

껍질만 남기고 간 매미도
짙어지는 녹음으로 돌아와
쉼표 없이 울어대며
강렬한 숲이 살아 있다고
희망을 노래하는 7월입니다

호수에 개구리 소리
졸졸졸 청아한 계곡 물소리
일렁이는 파도 소리는
연인들을 만나 알콩달콩
사랑으로 묶어주는 7월입니다

빨간 마음 식히는
아이스크림과 냉방기기 설치하는
바쁜 발걸음처럼
믿음의 소리가 있는 7월입니다.

하루

동토를 밀어 올린 해님이 하루에 인사합니다
째깍째깍 분침은 기상 시간에 알람으로 노래하며
하루라는 시간을 올려놓았습니다

힘찬 하루를 준비하는 주방에는
달그락거리는 소리로 아침을 여는 사랑스러운
어머니의 바쁜 손으로 하루를 깨웁니다

선물 같은 하루를 끌어안고
어젯밤 머릿속에 생각해두었던
일들을 하루 위에 풀어 놓고
조각조각 엮어서 살고 있습니다

해시계가 해님을 삼키고 저녁노을 내리면
소소한 일상들이 마무리되고
가족들은 보금자리 품속으로 돌아옵니다

해님이 데리고 온 하루라는 선물은
무사 무탈하게 보낸 평온한 시간에
감사 기도드립니다.

제목 : 하루
시낭송 : 박영애
스마트폰으로 QR 코드를 스캔하면
시낭송을 감상할 수 있습니다.

코스모스 축제

고즈넉한 해 질 녘
가을바람 두른 들판
보드랍게 감도니 그대 숨결 인가요

가녀린 여인의 낭창한 허리춤같이
하늘거리는 수줍음은
그대 해맑은 미소인가요

갈바람에 파도 타는 코스모스 결은
꽃잎 향기 무게로 몰려갔다 몰려오니
너울너울 그대 춤사위 인가요

떨어진 꽃잎은 연초록 잔디에 드러누워
하늘 향해 하모니카 불어주니
그대 은은한 노랫소리인가요

하모니카 소리에 몰려온
뭉게구름은 꽃잎 들판에
머물다가 그대 그리운 까닭인지
눈물로 투툭투툭 내립니다

제목 : 코스모스 축제
시낭송 : 김지원
스마트폰으로 QR 코드를 스캔하면
시낭송을 감상할 수 있습니다.

음모

축축한 습기 가득한 곳
끈적끈적하게 밀어 올리는
검은 마음을 조각조각 이어 엮어간다

앞에서 환한 미소를 지어 혼선을 주고
속에서 새어 나오는 잘못된 냄새는
향수 뿌린 저 더러운 심성 그 중심을 헤집어보면
이기심과 질투와 배신으로 꽉 차 있다

복종하라
그렇지 않으면 음모로 밟아 버릴 테다
그 검은 음모는 온갖 사탕발림으로
얇은 귀를 흔들고 혼돈을 준다
음모가 못 견디는 것은
밟아도 일어서는 그 질긴 잡초 근성이다

음모의 실체는 저 뒷자리에서
똘마니들을 동원에 총받이로 내세우고 가서 싸워라
감언이설과 조작과 눈가림으로
저 회심의 미소에서 나오는
소리를 똘마니들은 모른다

축축한 음지 음탕한 뒷골목
앞에서 못하는 짓들을 조각조각 엮어놓고
살살 꼬드겨서 뜯어놓고 오면
머리 쓰담 쓰담 하며 이기는 재미가 음모의 실체다

괜찮아요

속상한 일이 있었나요
오늘은 참 힘들었어도
우리에게는 내일이 있습니다

아픈 일이 있었나요
상처는 세월이 지워준다고 하네요
그러니 시간에 맡겨보아요

안 되는 일이 있었나요
잘 되던 일을 생각해보면
별거 아닐 겁니다
욕심을 조금 줄이면 편안해집니다

힘든 일이 있었나요
감당할 수 있는 만큼이라 다행이죠
좋은 일도 많았으니 그러려니 합니다

비 오는 날이 오늘이고 지금이라도
나에게만 흐리고 비 오는 날은 없습니다
날씨는 누구에게나 같은 날입니다
내일은 화창한 날씨가 올 것입니다

쇼팽과 커피

선율이 흐른다
창틀 너머 나지막하고
은은하게 흐른다

쇼팽의 왈츠 10번의 음을 찾아
늦은 밤 하얗게 방황했던
그 아늑한 선율이다

선율은 어느새
벽을 타고 너머와
내 커피잔에 고여 든다

고소하게 목줄을 타고 넘어오는
따뜻한 쇼팽의 사랑스러운 선율에
눈을 감는다.

제목 : 쇼팽과 커피
시낭송 : 김지원
스마트폰으로 QR 코드를 스캔하면
시낭송을 감상할 수 있습니다.

힘이 되는 당신이 참 좋습니다

이민숙 시집

초판 1쇄 : 2018년 6월 29일

지 은 이 : 이민숙

펴 낸 이 : 김락호

사 진 : 이민숙

디자인 편집 : 이은희

기 획 : 시사랑음악사랑

인 쇄 : 청룡

연 락 처 : 1899-1341

홈페이지 주소 : www.poemmusic.net

E-Mail : poemarts@hanmail.net

정가 : 13,000원

ISBN : 979-11-6284-023-8